»Im Abgrund der Geschichte ist für alle Platz.«

Paul Valéry

Frauke Tuttlies

DORLEs Paradies

NOVELLE : **TRANSIT**

Inhalt

Prolog

Wenn ich von Dorle erzähle, muss ich mit meiner Familie beginnen, oder eigentlich mit dem Dorf, in dem wir seit Generationen leben. Denn wenn das Dorf nicht eines Tages beschlossen hätte, die Schwester meiner Mutter, Tante Barbara, aus seiner Gemeinschaft auszuschließen, hätte Onkel Wieland sie nicht vom Fleck weg heiraten und mit nach Afrika nehmen können. Dann wäre meine Cousine Dorle nicht zur Welt gekommen, und sie wäre nicht so gewesen wie sie war und hätte nicht erlitten, was sie erleiden musste, wobei auch Paul, Großmutter, Großvater, Vater, Mutter und nicht zuletzt ich eine Rolle in Dorles Geschichte spielten.

Und jetzt ist Dorle tot.

»Tot, echt jetzt?« Ich höre innerlich, wie Dorle das zu mir sagt. Sie hält mir ihre Tüte Chips hin, wie sie es schon einmal getan hat, klopft auf das Sofa, damit ich mich zu ihr setze, und sagt, was sie damals gesagt hat: »Das Leben ist bekloppt, Frederike.«

Die Flucht aus dem Dorf

»Jede Meinung ist stark genug, um sich der Menschen auf Kosten ihres Lebens zu bemeistern.«
Michel de Montaigne

Um das einmal klar zu sagen: Niemand verließ unser Dorf. Man musste sich nur an die kleine Geschichte von St. Peter erinnern, der einst an der Seite von Gott durch Westfalen spazierte. St. Peter bat Gott: »Schaff Menschen in dieser Einöde«, woraufhin Gott eine hohe, knorrige, zähe Eiche berührte. Er befahl ihr, Mensch zu werden. Auf der Stelle formten sich die Äste der Eiche zu Armen und aus dem Blätterdach entstand ein Kopf. Der erste Westfale war geboren. Er erhob sich und fragte: »Wer stößt mich an, was tut er auf meinem Grund und Boden?«
Mit anderen Worten: Wir Westfalen waren wie Bäume. Wir wurzelten auf unserer

Scholle. Nur Tante Barbara nicht, sie sollte die Erste sein, die ging. Und das hatte einen Grund.
Tante Barbara hatte sich in den Falschen verliebt. Sie hatte Paul auf dem Kirschblütenfest kennengelernt, wo er zwischen Buden und Bierzelten plötzlich vor ihr stand und sie zum Tanzen aufforderte. Niemand verstand es, sie auf der Tanzfläche so herumzuwirbeln wie er, und Paul sah zudem unverschämt gut aus.
Tante Barbara machte keinen Hehl daraus, dass sie nun ein Paar waren. Von ihr aus sollte ruhig jeder sehen, wie sie Händchen haltend durchs Dorf liefen, sich unter Straßenlaternen küssten, auf Parkbänken herumknutschten oder im Schwimmbad auf einem Handtuch lagen. Warum auch nicht? Für Tante Barbara existierte die Außenwelt eh nicht mehr. Sie war in ihrem Liebesfilm unterwegs, und der lief nun mal auf großer

Leinwand. Die ganze Welt in rosarot, voll lauter Musik und alles mit Verstärker. Wer dachte da an Morgen?
Paul schon gar nicht. Er war, wie sich herausstellte, ein Luftikus, ein Lebemann, ein Filou, ein Nichtsnutz oder wie immer man das nennen mochte. Dafür hatte er immer einen Scherz auf den Lippen, brachte jeden zum Lachen, lachte selbst ausgelassen mit und vermittelte Tante Barbara das Gefühl, dass jeder Tag der Schönste sei und nochmal so schön wurde, wenn man alkoholisiert war. Paul konnte jeden unter den Tisch trinken, weshalb er oft Dinge nicht mehr erinnerte, Zusagen machte, die er nicht hielt, und so manches Mal in einem fremden Bett aufwachte. Einmal erwischte Tante Barbara ihn in flagranti. »Huch«, sagte Paul zu der Frau, die neben ihm lag, »wer bist denn du?« Und zu Tante Barbara sagte er: »Da war ich wohl betrunken«, aber das reichte ihr nicht. Tante Barbara

trennte sich von Paul, was im Dorf gleich die Runde machte.
Denn unser Dorf war ein Dorf, in dem jeder jeden kannte, alle alles wussten und immer jemand hinter der Gardine stand. Hier ließ sich nicht viel verheimlichen. Hier musste man dem Pfarrer nicht erzählen, wer der Verstorbene war und was sich in seinem Leben alles so ereignet hatte. Der Dorfpfarrer hatte die Rede, die er zur Beerdigung halten würde, längst parat. Er ergänzte sie höchstens noch um das Ende, und es gab selten etwas, das ihn dabei überraschte.
Für Überraschungen hatte das Dorf nichts übrig, dafür aber umso mehr für Beurteilungen. Im Dorf begnügte man sich ja nicht damit, alles zu beobachten und weiterzusagen. O nein. Das Dorf bewertete alles. Jedes Dorf pflegt schließlich seine eigene Moral. Und die war in der damaligen Zeit ganz einfach. Männer durften sich die Hörner abstoßen, Frau-

en aber hatten sich aufzuheben, und eben das hatte Tante Barbara, wie alle wussten, nicht getan. Deshalb wurde sie vom Dorf nun als »eine zu früh gepflückte Rose« angesehen, also als eine Frau, die ihre Jungfräulichkeit verloren hatte, ohne geheiratet zu haben.

Immerhin war sie nicht schwanger. Nichtsdestotrotz wollte keiner im Dorf sie jetzt noch haben.

Gott sei Dank war Tante Barbara von niemandem abhängig und konnte dank ihrer Anstellung in der Dorfapotheke gut für sich selbst sorgen. Und dem Apotheker war es ehrlich gesagt völlig egal, was man sich im Dorf über Tante Barbara erzählte und ob sie unverheiratet blieb, er schätzte ihre Arbeit, von ihm aus konnte sie bleiben.

Aber dann schlug das Türglöckchen eines Tages wie wild, es verlangte höchste Aufmerksamkeit, und Onkel Wieland

betrat schwungvoll das Geschäft. Tante Barbara stand hinter dem Tresen und sah ihn aufgeschreckt an: »Ja bitte?«
Onkel Wieland fragte nach Kopfschmerztabletten.
Tante Barbara reichte sie ihm über den Tresen.
»Eh ich's vergesse. Ein Moskitospray bräuchte ich auch noch«, fuhr Onkel Wieland fort.
»Verreisen Sie?«, fragte Tante Barbara leutselig.
»Ich fliege nach Afrika, in den Zaire, nach Kinshasa«, gab Onkel Wieland gesprächig zur Antwort: »Ich arbeite und lebe dort.«
»Aber Sie sind doch Deutscher«, wunderte sich Tante Barbara.
Onkel Wieland lächelte und nickte.
»Nach Afrika«, wiederholte Tante Barbara wie hypnotisiert. Sie starrte Onkel Wieland an und fand ihn mit einem Mal ungewöhnlich interessant. Er hatte etwas

dermaßen Weltmännisches an sich. »Ein Moskitospray haben wir leider nicht vorrätig. So etwas wird hier normalerweise nicht verlangt, ich müsste es bestellen. Wie lange sind Sie denn hier?«

»Das kommt drauf an.« Onkel Wieland erzählte, dass er eigentlich auf der Durchreise war. Aber dann hatte sein Auto gestreikt, und unser Dorf, an dem auf der Autobahn sonst alle vorbei rasten, war nicht nur an der nächsten Ausfahrt gewesen, es hatte auch eine Kfz-Werkstatt. »Morgen bin ich mit Sicherheit noch hier. Bestellen Sie also das Spray ruhig, ich brauche es sowieso. Und wenn ich es mir jetzt besorge, dann habe ich das wenigstens schon mal erledigt, sonst vergesse ich es am Ende noch.«

»Das sollten Sie aber nicht. Sie müssen sich vor dem Sumpffieber schon in Acht nehmen. Es wird von weiblichen Stechmücken übertragen«, erklärte Tante Barbara leicht verschmitzt.

»Ich schlafe immer unter einem Moskitonetz«, erwiderte Onkel Wieland.
»Wie romantisch!« Tante Barbara sah Onkel Wieland erwartungsvoll an. Dann teilte sie ihm mit, dass er den tropischen Mückenschutz am nächsten Vormittag abholen könnte.
Onkel Wieland bedankte sich und fragte, was Tante Barbara denn nach Feierabend machen würde: »Hätten Sie Lust, mir Gesellschaft zu leisten? Ich lade Sie zum Essen ein.«

Das Chinarestaurant, das sie am Abend aufsuchten war neu am Ort. Tante Barbara und Onkel Wieland waren die einzigen Gäste. Sie aßen Frühlingsrollen und Peking Ente süß-sauer und tranken reichlich Pflaumenwein, während Onkel Wieland von den imposanten Landschaften Afrikas und der immensen Vielfalt an Tieren erzählte. »Afrika ist gewaltig«, versicherte er.

Tante Barbara glaubte ihm das gerne. Ihr fiel auch sofort dieser Song ein: »In the jungle, the mighty jungle, the lion sleeps tonight«, sang sie leise vor sich hin, Tante Barbara hatte eine schöne Stimme.
Und Onkel Wieland fiel prompt ein: »Hush my darling, don't fear my darling, the lion sleeps tonight«, und auch wenn seine Stimme ein einziger Brummton war, es hatte doch was.
Tante Barbara hoffte, der Abend würde nicht vorübergehen, aber das Chinarestaurant schloss früh, und sie standen auf der Straße. Onkel Wieland hatte sich im Gasthof des Dorfes, oberhalb der Schenke, einquartiert. Tante Barbara ging mit ihm. »Wir können gleich miteinander schlafen«, sagte sie, als sie Onkel Wielands Zimmer betrat, »ich gelte hier im Dorf eh als zu früh gepflückte Rose, es kommt nicht mehr drauf an.«
Aber dann kam es gar nicht dazu, weil Tante Barbara das chinesische Essen und

den Pflaumenwein wieder von sich gab. Sie hing die ganze Nacht über der Toilette und Onkel Wieland hielt ihr den Kopf. Das war auch eine Art, sich kennenzulernen, und am nächsten Morgen machte er ihr einen Heiratsantrag. »Komm mit nach Afrika«, schlug Onkel Wieland vor, »was willst du hier? Du bist für etwas Besseres geboren.«

Onkel Wieland hielt noch am selben Tag um Tante Barbaras Hand an: »Habe ich Ihre Zustimmung?«
»Wir kennen Sie doch gar nicht!«, protestierte Großvater.
»Aber wir vertrauen Ihnen«, versicherte Großmutter eifrig und nahm Großvater beiseite. »Was haben wir denn für eine Wahl?«
»Ich weiß nicht, mir ist mulmig«, meinte Großvater.
»Das Kind muss unter die Haube«, entschied Großmutter, denn sie war über-

aus erleichtert, dass es nun doch noch einen Mann für Tante Barbara gab. Und nicht irgendeinen, sondern was für einen! Großmutter erzählte überall im Dorf herum, dass Onkel Wieland Diplomat war, was eigentlich nicht stimmte.
Onkel Wieland hatte erklärt, dass er für eine politische Stiftung im Zaire tätig sei. Er arbeitete ausdrücklich nicht für das Auswärtige Amt. Aber das war Großmutter zu kompliziert. Sie fand, das sei doch alles das Gleiche und blieb dabei, ihn als Diplomaten zu bezeichnen. Und einen Diplomaten heiratete man im Dorf nicht alle Tage. Die Ehre ihrer Tochter war wieder hergestellt. Da machte es auch nichts, dass Tante Barbara dafür ins Ausland gehen musste. Das war der Preis, den die Familie zu zahlen hatte, und Großmutter war dazu bereit. Schließlich hatte Tante Barbara den denkbar besten Ehemann ergattert, und das war wichtig. Es war das Einzige, was in Großmutters

Augen im Leben einer Frau zählte. Das entsprach ihrer Lebenserfahrung.

Großmutter war in ihrer Jugend die Dorfschönste gewesen. Für sie hatten die Burschen an der Mühle meines Urgroßvaters Schlange gestanden. Es war die Müllerstochter, die sie wollten, denn ihre Herkunft konnte Großmutter nicht leugnen. Sie hatte weizenblonde Haare, kornblumenblaue Augen und einen Körper, der immer wirkte, als würde er frisch aus dem Ofen kommen, als wäre er eben erst aufgegangen, mit seinem Hang zu mehr Fülle und einer Restwärme, wie ein duftender Laib Brot. Großmutter war ein üppiges Versprechen, das so manchen butterweich werden ließ. Sie wusste allerdings auch, dass ihre Schönheit ihr einziges Kapital war. Etwas anderes hatte sie nicht. Und Großmutter wollte raus aus der Mühle, in der sie ihren Eltern von klein auf an kräftig mitgeholfen hatte. Um dieses Vorhaben durchzusetzen, brauchte sie nach ihrem Weltverständnis einen Mann. Dank ihres Aussehens konnte sie ihn sich aussuchen. Sie wusste die Schönheit, die ihr in die Wiege gelegt war, zu ihrem Vorteil einzusetzen. Da konnten die jungen Männer des Dorfes noch so lange auf sie warten, Großmutter war wählerisch. Wenn sie eins gelernt hatte, dann die Spreu vom Weizen zu trennen. Erst die schmale Hand meines Großvaters, ganz ohne Schwielen, konnte sie überzeugen.

Großvater arbeitete damals schon in der Bank, doch das reichte Großmutter noch nicht ganz. »Ich bin die Dorfschönste, und du wirst Bankdirektor«, forderte sie. Großvater versprach es. Also gab Großmutter ihm ihr Jawort und legte sich das seine wie einen Nerz um die Schultern. Großmutter hatte ihre Entscheidung nie bereut, und jetzt war Tante Barbara an der Reihe, es ihr gleichzutun, das sagte

Großmutter dem zweifelnden Großvater deutlich. Und damit war alles klar. Denn Großvater richtete sich, seitdem er Großmutter zuliebe Bankdirektor geworden war, letztendlich immer nach dem, was sie wollte. Großmutter gab den Ton an, dabei sollte es bleiben. »Wenn du meinst«, sagte er seufzend, »dann wird jetzt wohl geheiratet.«

Die Hochzeit wurde ein rauschendes Fest, zu dem Tante Barbara und Onkel Wieland fast das ganze Dorf einluden, allein, um es allen zu zeigen. Außerdem war sie skandalös farbenprächtig, denn Tante Barbara besaß doch tatsächlich die Unverfrorenheit in einem signalroten Kleid zu erscheinen und Onkel Wieland stand ihr in einem blütenweißen Anzug zur Seite. Sie waren sehr schön.
Schön für alle wurde die anschließende Hochzeitsfeier, auf der Großmutter und Großvater es an nichts fehlen lie-

ßen, weder am fürstlichen Essen noch an der bombastischen Hochzeitstorte und schon gar nicht an der Auswahl von Weinen und Spirituosen.
Das beherrschende Thema an allen Tischen war Afrika. Im Dorf konnte es keiner so recht glauben, dass Tante Barbara dahin auswandern sollte, wie hatte man sich das bitte vorzustellen, was würde sie dort erwarten? Onkel Wieland stand Rede und Antwort. Er schilderte, wie sie dort leben würden, in einer Villa mit Park und Pool, mit einem Wachhund und zahlreichen Bediensteten.
Das sagte er übrigens tatsächlich genau in dieser Reihenfolge, was nicht jedem auffiel. Und wer sich daran stieß, der verdrängte es, denn vielleicht hatte man sich ja verhört, oder das Gehörte hatte keine Bedeutung, oder der reichlich geflossene Alkohol war daran schuld, dass sich am Ende des Abends alles etwas merkwürdig anfühlte. So als wäre man im falschen

Film. Aber der war dann auch rasch vorbei, weil Tante Barbara und Onkel Wieland in die Flitterwochen aufbrachen, die sie selbstredend in Afrika verbringen würden. Vater kutschierte sie in seinem Auto, hinter dem die Blechdosen an langen Schnüren schepperten, noch zum Flughafen, von dem sie abhoben, als gäbe es nicht Leichteres, als hätte ihre Entscheidung kein Gewicht, und weg waren sie. Auf und davon. Die Hochzeitsgesellschaft hatte das Nachsehen.

Das Geschenk

»Es gibt nur zwei Arten zu leben. Entweder als wäre nichts ein Wunder oder als wäre alles ein Wunder.«
Albert Einstein

Tante Barbara rechnete im Traum nicht mehr damit, schwanger zu werden. Diese Hoffnung hatte sie aufgegeben, Tante Barbara hatte ja bereits alles versucht. Sie hatte Monat für Monat ihre Temperatur gemessen und den Eisprung bestimmt, Onkel Wieland mit den Worten »es ist soweit« von der Arbeit nach Hause beordert, ihn in Reizwäsche empfangen, sich danach auf den Rücken gelegt und ihr Becken und ihre Beine hochgelagert, derweil sie einen Liebesroman las und Süßigkeiten verdrückte, nichts wollte helfen.
Einen verzweifelten Versuch unternahm sie dann allerdings doch noch: Tan-

te Barbara kontaktierte einen Medizinmann, wovon Onkel Wieland allerdings nicht wissen durfte, da er von solchen Scharlatanen nichts hielt. Der Medizinmann tanzte wild um Tante Barbara herum, sang, rief Geister an, murmelte Beschwörungen und verbrannte Kräuter, die Tante Barbaras Sinne vernebelten. Ihr war schwindelig, aber sie war erleichtert, dass im Zuge des Rituals nicht eine Katze, eine Ziege oder ein Schaf als Opfer dargebracht wurde, was in Afrika durchaus üblich war. Stattdessen gab der Medizinmann Tante Barbara einen Tee aus Blättern, Blüten und Rinden mit, den sie von nun an täglich auf nüchternen Magen trinken sollte. Das Gebräu schmeckte widerlich, und Tante Barbara übergab sich an drei aufeinanderfolgenden Morgen, was Onkel Wieland auf die irrtümliche Idee brachte, sie sei schwanger. Das machte die Sache natürlich noch absurder, als sie es sowieso schon war.

Tante Barbara war es nun leid und beschloss, sich nicht länger zu quälen. Sie setzte den Tee ab und widmete sich den zahlreichen Aufgaben, die ihr Leben in Kinshasa mit sich brachte.

Da war zunächst einmal der von hohen Mauern umschlossene und damit gut geschützte tropische Garten, der das Haus umgab, in dem sie lebten. Seine Pflege beanspruchte eine Menge Zeit, die Pflanzen mussten geschnitten und bewässert werden, und im Pool durfte kein Blatt schwimmen.
Selbstverständlich hatte Tante Barbara für diese Arbeit Bedienstete, wie auch für ihre Villa, die vor Sauberkeit nur so blitzte. »Clean it, so that you can see yourself in it«, schärfte Tante Barbara ihrem Personal ein, aber sie musste doch alles kontrollieren. Auch die Einkäufe, die ihr Koch tätigte, der sich inzwischen sogar darauf verstand, einige deutsche Gerichte zu-

zubereiten. Von Kohlrouladen über Kartoffelpuffer, Kartoffelsalat, Currywurst, Jägerschnitzel, Frikadellen bis zu Sauerbraten war alles dabei, selbst wenn die Zutaten dafür schwer zu bekommen waren und manchmal eingeflogen wurden.

Die Essen bei ihnen waren immer eine kleine Sensation, die die zahlreichen Gäste zu schätzen wussten, fühlte man sich bei Tante Barbara und Onkel Wieland doch ein bisschen wie Zuhause. Wie in Deutschland, nur, dass das hier im Zaire reiner Luxus war, und das musste auch so sein. Onkel Wieland war schließlich ein Mann, der etwas repräsentierte, und ihre Besucher waren alle von Rang und Namen, da galt es Kontakte zu pflegen. Das allein war schon ein Fulltime-Job. Man traf sich auf Gesellschaften, Partys, im Reit-Club, beim Golfen, es gab immer irgendeinen Event, zu dem man erscheinen musste.

Tante Barbara war so beschäftigt, dass sie sich nichts dabei dachte, als ihre Regel zum ersten Mal ausblieb. Beim zweiten Mal nahm sie an, bereits in den Wechseljahren zu sein. Das war zwar keine angenehme Vorstellung, aber manche Frauen waren in dieser Hinsicht ja recht früh dran. Und was ihre allmähliche Gewichtszunahme anging, so betonte Tante Barbara, seit einigen Jahren dünner gewesen zu sein denn je. Vermutlich holte sich ihr Körper jetzt einfach sein Gewicht zurück. Vielleicht war das alles aber auch nur vorgeschoben, und Tante Barbara wollte ihre Schwangerschaft in Wirklichkeit ignorieren. So konnte sie weiter rauchen und weiter trinken, ohne sich Gedanken machen zu müssen. Vor allem der morgendliche Sekt, der Tante Barbaras Kreislauf in diesem zeitweilig erdrückend heißen Land ankurbelte, war ihr zur Gewohnheit geworden, sie mochte nicht mehr auf ihn verzichten. Und gegen den nachmittäglichen Cocktail hatte sie auch nichts einzuwenden, geschweige denn gegen das allabendliche Glas Wein, oder war es eine Flasche?

Seit sie mit Paul zusammen gewesen war, wusste Tante Barbara, dass so etwas zum Genuss des Lebens gehören konnte, und in den gehobenen Kreisen, in denen sie in Afrika verkehrte, sowieso.

Dann aber kam der Tag, an dem sie nüchtern feststellte, dass sie tatsächlich schwanger war. Der Bauch, den sie mittlerweile vor sich hertrug, war nun wirklich durch nichts anderes mehr zu erklären. Tante Barbara nannte das Mädchen, das sie voller Freude zur Welt brachte: »Dorle«. Dorle bedeutet: »Das Geschenk«, und nichts anderes war sie für Tante Barbara.

Kein Pardon

»Im tiefsten Winter habe ich endlich erfahren, dass ein unbesiegbarer Sommer in mir lebt.«
Albert Camus

Ich lernte Dorle erst kennen, als sie sieben Jahre alt war und ich acht. Ich erinnere, wie aufgeregt ich war, weil sie mit ihren Eltern über Weihnachten nach Deutschland kommen würde. Wir alle, also auch Mutter, Vater und ich, wollten das Fest gemeinsam bei den Großeltern feiern, ich sollte Dorle also Heiligabend das erste Mal sehen.

Ich wusste damals noch nicht viel von ihr, nur, dass sie meine Cousine war, in Afrika lebte, und mir, wie die Fotos in den Familienalben zeigten, ähnlich sah. Vielleicht bekam ich ja jetzt so etwas wie eine afrikanische Schwester. Das jedenfalls hatte ich in der Schule rumerzählt, ich hatte mit meiner Familie angegeben.

»Meine Tante und mein Onkel, das sind Exoten, und meine Cousine ist die Exotischste von allen«, hatte ich behauptet, und nicht gewusst, was ich sagte. Schon gar nicht in Bezug auf Dorle.

Tante Barbara öffnete uns die Tür, als Mutter, Vater und ich pünktlich zum Weihnachtsabend bei den Großeltern eintrafen. Sie hatte gerötete Wangen, in der einen Hand eine Zigarette und in der anderen ein Glas Sekt, mit dem sie uns zuprostete. »Na, wenn das keine fröhlichen Weihnachten sind«, sagte sie zur Begrüßung.
Wir betraten das Haus, aus dem uns heiße Luft entgegenschlug. »Was ist denn hier los? Hier drinnen ist es ja völlig überheizt, als wäre man in einer Sauna«, wunderte sich Vater.
»Wir sind von Afrika andere Temperaturen gewöhnt«, erklärte Onkel Wieland, der jetzt mit Dorle im Schlepptau in den Flur trat. »Wir haben die Heizung

so hoch wie möglich gedreht, und uns ist immer noch kalt, nicht wahr?«, sagte er zu Dorle, die mich anstarrte, aber nichts erwiderte.

Jetzt, wo ich ihr gegenüberstand, fand ich übrigens nicht, dass sie mir ähnlich sah. Dorle war viel hübscher als ich. Sie machte Großmutter alle Ehre. Dorle war ihr wie aus dem Gesicht geschnitten, aber sie hatte einen fremden Ausdruck im Gesicht, den ich nicht deuten konnte. Ich fand ihn reglos, falls man das so sagen kann. Dorle fehlte die Mimik.

»Dorle, sag mal Hallo«, forderte Tante Barbara sie auf.

»Hallo«, sagte Dorle schleppend, als hätte sie eine zu schwere Zunge.

»Das ist Frederike«, stellte Tante Barbara mich vor. »Ihr könnt miteinander spielen.«

»Du!«, sagte Dorle, wobei sie jetzt mit dem Finger auf mich zeigte.

»Miteinander spielen, das könnt ihr doch,

Frederike, oder?«, fragte Tante Barbara eindringlich.
»Ja, natürlich«, antwortete ich verwirrt.
Wir traten ins Wohnzimmer, in dem ein großer Weihnachtsbaum stand, der mit Strohsternen, Bienenwachskerzen und Holzengeln geschmückt war. Der Esstisch war bereits gedeckt, und es duftete im ganzen Raum nach der Weihnachtsgans, die Großmutter vor Stunden in den Ofen geschoben hatte.
Großvater brachte Dorle und mir einen Kinderpunsch, den Männern einen Glühwein und den Frauen Sekt. Er reichte dazu einen Teller mit Keksen herum und entschuldigte Großmutter, die noch mit den Vorbereitungen fürs Weihnachtsessen beschäftigt war, woraufhin Mutter und Tante Barbara in Richtung Küche verschwanden, um ihr zu helfen.
Die Männer setzten sich schon mal an den Esstisch, Dorle kletterte Onkel Wieland auf den Schoß und begann mit sei-

nen Haaren zu spielen. Sie drehte sie mit ihren Fingern ein, so dass Onkel Wieland so langsam, aber sicher Locken bekam.

»Dorle, lass das doch«, bat Onkel Wieland, woraufhin sie ihn umarmte.

»Setz dich auch zu uns, Frederike«, forderte Vater mich auf.

Die Männer sprachen über den Kampf im Zaire, der neulich stattgefunden hatte. »The Rumble in the Jungle« war mit den zehn Millionen Dollar, die es gekostet hatte, nicht nur Präsident Mobutus Prestige-Projekt, sondern auch das erste sportliche Großereignis auf dem afrikanischen Kontinent.

Und Onkel Wieland war dabei gewesen. Er hatte sich aus dem Bett gequält und von seinem Chauffeur zum Stadion kutschieren lassen, da war der Tag in Kinshasa noch nicht angebrochen, und das Thermometer zeigte bereits über drei-

ßig Grad an. Onkel Wieland stand der Schweiß auf der Stirn, aber das mochte er. Es passte zu dem, was ihn erwartete. Damit der Kampf zwischen den beiden Box-Champions George Foreman und Muhammad Ali auch zur besten Sendezeit in die USA übertragen werden konnte, begann er um 4 Uhr 30 Ortszeit.
Foreman boxte dermaßen offensiv, dass Ali buchstäblich in den Seilen hing. Aber das war, wie sich herausstellen sollte, eben auch seine Strategie gewesen, und als der angriffslustige Foreman dann in der achten Runde endlich ermüdete, streckte Ali ihn mit einer Kombination von mehreren Schlägen gegen den Kopf zu Boden. Das Stadion hatte getobt.
Fast alle waren für den Sieg von Ali gewesen, unter anderem, weil Foreman mit einem Schäferhund in Kinshasa eingereist war, was ihm keine Sympathien einbrachte, da der Hund die Kongolesen an die kolonialen Besatzer erinnerte. »Gera-

de deshalb wollte ich, dass Foreman gewinnt«, sagte Onkel Wieland. »Bei uns zuhause habe ich einen Schäferhund als Wachhund.«
»Rex«, schaltete Dorle sich ein.
»Ganz genau«, nickte Onkel Wieland. »Und warum heißt Rex Rex?«, fragte er Dorle.
»Rex ist König«, rief Dorle.
»Der König aller Hunde«, bekräftigte Onkel Wieland, und in diesem Moment sprang Dorle von seinem Schoß. »Und jetzt Musik«, rief sie.

Großvater ging zum Plattenspieler und legte die Tölzer Sängerknaben mit Liedern wie »Vom Himmel hoch«, »O Du Fröhliche«, »O Tannenbaum« und »Fröhliche Weihnacht überall« auf.
Ich mochte die Lieder nicht. Und auch nicht die Tölzer Knaben, die jedes Lied gleich sangen, ich hörte keinen Unterschied. Aber Dorle war begeistert. Sie

stand vorm Plattenspieler und meinte nach jedem Lied: »Nochmal« und: »Die Engel singen.«
Ich war froh, als Großmutter ins Wohnzimmer kam und dem Ganzen ein Ende bereitete. Sie klatschte in die Hände und bat zu Tisch. Die Gans, die Klöße, der Rotkohl und die Soße schmeckten wunderbar, nur war ich etwas verwundert, als Dorle irgendwann ihr Besteck beiseite legte und mit den Händen zu essen begann. Sie griff sogar mit den Händen in die Schüssel mit den Klößen, um sich einen herauszufischen.
»Dorle, bitte nicht!«, schimpfte Tante Barbara.
»Esst ihr in Afrika mit den Händen?«, wollte ich wissen.
»Die Afrikaner teilweise schon«, klärte Tante Barbara mich auf, »aber wir tun das nicht. Nicht wahr, Dorle?«
»Wir nicht«, bekräftigte Dorle und leckte sich genüsslich ihre Finger ab.

Nach dem Essen zündete Großvater die Kerzen am Weihnachtsbaum an und verkündete, dass es gleich Zeit für die Bescherung sei. »Der Weihnachtsmann kommt«, jubelte Dorle.

»Wer wird es wohl sein? Ich denke, es ist dein Vater«, mutmaßte ich.

»Mein Vater, echt jetzt?«, fragte Dorle ungläubig.

In diesem Moment betrat Onkel Wieland das Wohnzimmer. Er trug einen langen, weißen Bart und eine rote Weihnachtsmannmütze mit weißem Bommel, ansonsten sah er aus wie er selbst.

»Na, siehst du«, sagte ich zu Dorle. »Dein Vater!«

»Das ist nicht mein Vater«, widersprach Dorle. »Das ist der Weihnachtsmann.«

»Hohoho«, Onkel Wieland trat auf Dorle zu, »bist du denn auch brav gewesen?«

»Ich war brav«, bekundete Dorle. »Und Frederike auch«, fügte sie hinzu, was mich rührte.

Unter den Geschenken, die Dorle bekam, war eine schwarze Stoffpuppe mit krausen Haaren.

»Das ist Dorle«, sagte Dorle, drückte die Puppe an sich und hielt sie mir anschließend entgegen, damit ich sie gebührend bewundern konnte.

»Die Puppe heißt wie du? Aber du bist doch weiß«, warf ich ein.

»Schwarze Puppe, weiße Puppe, bist du auch eine Puppe?«, fragte Dorle.

»Wie kommst du denn darauf?«, empörte ich mich.

Später am Abend fuhr ich mit den Eltern nach Hause. Wir hatten eigentlich alle noch zusammen in den Gottesdienst gehen wollen, aber Tante Barbara war dafür zu betrunken. Onkel Wieland hatte sie zu Bett gebracht und war bei ihr geblieben. Aber auch für uns hatte sich die Sache damit erledigt, was ich nicht bedauerte, da es in der Kirche immer ungemütlich kalt war. Ich mochte Kälte nur außerhalb von Räumen, draußen, da gehörte sie im Winter auch hin. Und Vater vermutete, dass es in den nächsten Tagen schneien würde.

»Dann geh ich rodeln«, sagte ich.

»Und du nimmst Dorle mit«, bestimmte Mutter, was mir die Laune verdarb.

»Muss das sein?«, quengelte ich. »Was ist eigentlich mit ihr?«

»Dorle ist anders«, sagte Mutter und dabei blieb es, mehr kam da nicht.

Wenn es um Dorle ging, verfiel unsere Familie in Schweigen. Was immer an Dorle anders war, wurde von uns damals nicht benannt. Ich spürte, dass auch ich mich an diese unausgesprochene Regel zu halten hatte. Und ich erfuhr noch in derselben Nacht, warum. Denn als ich ins Badezimmer ging, hörte ich, wie meine Eltern sich hinter verschlossenen Türen über Dorle unterhielten.

»Warum sonst sollte Dorle geistig be-

hindert sein?«, sagte Mutter mit erregter Stimme. »Das hat es in meiner Familie nie gegeben.«
»Aber vielleicht ja in der von Wieland?«
»Das hätte er uns mitgeteilt.«
»Du meinst also wirklich, dass es am Alkoholkonsum deiner Schwester liegt?«
»Ich weiß, dass sie während ihrer Schwangerschaft getrunken hat. Und du siehst doch selbst, wie viel.«
»Das ist tragisch.«
»Sprich sie bloß nicht darauf an. Es ist nicht an uns, ein Urteil darüber zu fällen, es ist auch tragisch für Barbara. Sie wird Schuldgefühle haben.«
»Die trinkt sie sich weg. Die Leidtragende ist Dorle.«
»Dorle weiß nicht, dass sie behindert ist.«
»Bist du dir da sicher?«, zweifelte Vater.

Kurz nach Weihnachten begann es tatsächlich zu schneien. Die Flocken fielen watteweich vom Himmel. Der Schnee

lag wie ein Überwurf, wie eine Bettdecke, über allem, die Welt wurde still unter dem Weiß. Meinen Atem konnte ich in der kalten Luft sehen. Wie eine Fahne, hinter der ich meinen Schlitten herzog, stand er vor meinen Augen, als wollte er mir den Weg weisen. Ich war unterwegs zu den Großeltern, um Dorle abzuholen.
»Vergiss nicht, dass Dorle keinen Schnee kennt«, Tante Barbara half Dorle, sich schneefest anzuziehen.
»Kenne ich wohl«, behauptete Dorle.
»Ja, jetzt«, Tante Barbara erzählte, dass sie mit Dorle bereits im Garten gewesen sei.
»Der Schnee ist kalt.« Dorle griff nach ihrer Puppe, ohne die sie nicht raus wollte.
»Die kannst du nicht mitnehmen, die stört beim Schlittenfahren«, versuchte ich einzuwenden.
»Dorle fährt nicht ohne Dorle«, bestimmte Dorle.
Und ich war kurz davor, mich zu weigern,

sie mitzunehmen, so sehr nervte sie mich jetzt. Dorle aber griff nach meiner Hand.

Sie trat nach draußen und sperrte sofort den Mund auf, um die Flocken aufzufangen und sie auf der Zunge zergehen zu lassen. »Der Himmel weint in Weiß«, sagte sie, und ich sah sie überrascht an. Woher hatte sie dieses schöne Bild? Dabei ahnte ich, dass es für Dorle nicht einmal ein Bild war. Dorle glaubte, was sie sagte. Für sie weinte der Himmel wirklich. »Ist es weit?«, fragte sie und stapfte neben mir und dem Schlitten her, während sie ihre schwarze Puppe gut gelaunt hin und her schwenkte.
»Nein«, gab ich zur Auskunft. »Wir sind gleich am Doberg.«

Für den Doberg war unser Dorf bekannt, da dort vor Jahrzehnten Fossilien gefunden worden waren. Sogar das Skelett einer Seekuh und eines Zahnwals waren

dabei, man konnte sie im Museum bestaunen. Gegraben wurde im Doberg aber schon lange nicht mehr. Heute war er nicht mehr als ein Abenteuerspielplatz für uns Dorfkinder, die wir dort im Winter mit viel Geschrei die Hänge hinab rodelten, wie man schon von Weitem hören konnte. Bald wurden wir von einigen aus meiner Klasse begrüßt: »Ist das deine Cousine aus Afrika?«
»Das ist Dorle«, stellte ich sie vor.
Dorle sagte nichts und drückte stattdessen ihre Puppe fest an sich. Mir war sie plötzlich peinlich, wie sie da so verängstigt stand.
«Kann Dorle nicht sprechen?«, fragte mich meine beste Schulfreundin, Tania.
Ich schwieg.
»Sprichst du jetzt auch nicht mehr?« Tania stieß mir ihren Ellenbogen auffordernd in die Seite.
»Lasst uns rodeln, dafür sind wir schließlich hier«, rief ich.

Als Dorle und ich an der Reihe waren, unseren Schlitten auf die Bahn zu bringen, bat ich sie, sich hinter mich zu setzen und sich gut festzuhalten, schon ging es los. Die Landschaft rauschte an uns vorbei, der Fahrtwind schnitt uns ins Gesicht, es war herrlich. Aber schon nach kürzester Zeit begann Dorle hinter mir zu schreien wie am Spieß. Sie rief die ganze Zeit über immer wieder nur: »Dorle, Dorle, Dorle«. Am Ende der Schlittenbahn angekommen, begriff ich, warum. Dorle hatte ihre Puppe während der Fahrt verloren und war vollkommen außer sich. Mir blieb nicht anderes übrig, als mit ihr den Hang wieder hoch zu stapfen. Wir fanden Dorles Puppe sofort. Sie lag gut sichtbar, wie ein schwarzer Klumpen, wie ein Fremdkörper, der hier nicht hingehörte, im Schnee. Dorle hob Dorle auf und bestand darauf, nicht mehr Schlitten zu fahren. »Dorle will nach Hause«, zeterte sie wie ein kleines Kind.

»Ich muss gehen«, teilte ich den anderen mit.
»Du hast aber eine merkwürdige Cousine«, fand Tania. Und das war erst der Auftakt.
Mit einem Mal fingen meine Klassenkameraden wie auf Zuruf an, sich über Dorle lustig zu machen und sich mit ihren Beschimpfungen gegenseitig zu übertrumpfen. »Die hat doch nicht alle Tassen im Schrank«, sagte einer, »die hat einen Sprung in der Schüssel«, ein anderer, »die hat einen Dachschaden«, ging es weiter und was sie sonst noch alles sagten.
Doch das konnte ich nicht zulassen, Dorle war schließlich meine Cousine. »Ihr habt es nicht begriffen«, sagte ich, »stellt euch mal vor, ihr würdet von heute auf morgen in Afrika, irgendwo im Dschungel ausgesetzt, was meint ihr, wie ihr euch da anstellen würdet? Da würdet ihr euch auch spinnert verhalten, oder wie immer ihr das nennen mögt. Aber um euch das

klar zu machen, seid ihr einfach zu dämlich. Lass uns von hier verschwinden«, forderte ich Dorle auf, »die sind bekloppt, das Theater haben wir nicht nötig.«
»Bekloppt«, wiederholte Dorle, das Wort gefiel ihr. »Ihr seid bekloppt«, rief sie begeistert, streckte meinen Klassenkameraden die Zunge heraus und griff triumphierend nach meiner Hand, die ich unwirsch abschüttelte. Soviel Nähe konnte ich in diesem Moment nun doch nicht ertragen.
»Das ist eine kalte, weiße Welt«, sagte Dorle daraufhin, und ich fühlte, dass ich ihr Recht geben musste. Ihr und niemand anderem. Und dass auch ich zu dieser kalten, weißen Welt gehörte.

Auf dem Weg zurück musste Dorle auf Toilette. »Du wirst es ja wohl kurz aushalten, wir sind gleich zu Hause«, bat ich. Aber Dorle hockte sich an den Straßenrand. Ihr Urin dampfte in der eisigen

Luft und hinterließ eine gelbe Spur im unberührten Schnee. Dorle richtete sich wieder auf, ihre Hose und ihre Unterhose hingen weiter auf Halbmast. »Schau mal, mein Schlitz«, sagte sie und legte einen Finger auf ihre Schamlippen. »Willst du mal anfassen?«

»Nein«, ich war fassungslos. »Zieh dich sofort wieder an, du wirst dich erkälten.«

Dorle reagierte nicht.

Mir blieb nichts anderes übrig, als ihre Unterhose und Hose hoch zu zerren und ihre Winterjacke zuzuknöpfen. Ich war froh, dass uns keiner gesehen hatte. »Was soll denn das?«, schimpfte ich.

Dorle sah mich verständnislos an.

Ich ging ein paar Tage nicht zu Dorle. Irgendwie war sie mir jetzt unangenehm. Außerdem hatte sie bisher nicht zu meinem Leben gehört, und ich wusste nach dem jüngsten Vorfall nicht mehr, warum sich das ändern sollte. Doch dann rief sie mich an. »Lass uns das Dschungelbuch hören«, sagte sie im Singsang ihrer schleppenden Stimme. Dorle hatte es zu Weihnachten als Platte geschenkt bekommen und war seitdem regelrecht davon besessen, sie legte es ständig auf. »Ich kenne Mogli«, behauptete sie. »Mogli ist Afrika.«

»Das stimmt nicht«, korrigierte ich sie, als ich bei den Großeltern eintraf. »Die Geschichte spielt in Indien«, denn mit dem Dschungelbuch kannte ich mich aus. Ich hatte es nicht nur auf Platte, sondern auch als Film im Kino gesehen, Dorle ging nicht darauf ein. Wenig später tanzte sie auch schon wie ein Äffchen um den Plattenspieler und sang lauthals mit. Es überraschte mich, dass sie die Texte teilweise auswendig kannte. Sobald etwas mit Musik zu tun hatte, prägte es sich Dorle wie von selbst ein. Und so sang sie wie der König im Affenstaat, wie King Louie: »Ich wär so gern wie du-hu-u. Ich möchte gehen wie du, stehn wie du, du-hu-u« und zeigte dabei mit dem Finger auf mich, wie sie es bei unserer ersten Begegnung getan hatte. Ich fragte mich, ob sie das ernst meinte, ob sie tatsächlich so sein wollte wie ich. Als der Song zu Ende war, bestand Dorle darauf, ihn gleich noch einmal zu hören und rief: »Jetzt du!«

Ich tat es ihr nach, sang: »Ich möchte sein wie du!« und zeigte mit dem Finger auf sie, was Dorle vor Freude in die Hände klatschen ließ. Und plötzlich merkte ich, dass ich es tatsächlich so meinte. Denn in diesem Moment wollte ich so sein wie Dorle, weil sie so war, wie sonst niemand, den ich kannte. Ja, in diesem Moment war Dorle für mich ein bisschen wie Mogli. Mein Mogli. Kein Inder, aber ein wildes Kind, das schwer zu bändigen war, das mit der Natur, mit seiner Natur verbunden war. Dorle war ganz sie selbst. Sie lebte in ihrer eigenen Welt, in ihrer eigenen Wirklichkeit, in ihrem eigenen Dschungel, der für uns alle schwer zugänglich war. Und mit einem Mal wollte ich da hin. Zu ihr. Zu Dorle. Deshalb sang ich noch eine Runde mehr King Louie: »Du wirst schon sehn u-hu, sogar ein Bremsenstich, sogar ein Sonnenstich kann so sein wie ich«, sehr viel weiter kam ich nicht, denn jetzt übernahm Dorle wieder das Ruder: »Noch einmal, ja, hört nur auf mich, und ihr seid wie ich!«, jubilierte sie.

Tania kam zum Spielen zu mir. Wir hatten ein Ritual, mit dem wir die Erwachsenen imitierten. Ich kochte uns Früchtetee und servierte ihn in schönen Tassen mit Kandis und Keksen. Wir setzten uns einander gegenüber, als wenn wir ein Kaffeekränzchen hielten, und schlürften den Tee in winzigen Schlucken, rührten den knisternden Kandis in unseren Tassen und tunkten die Kekse mit spitzen Fingern ein, was wir für sehr vornehm hielten. Außerdem widmeten wir uns, und das war natürlich das Wichtigste, dem aktuellen Klatsch und Tratsch. »Deine Cousine ist also geistig behindert«, meinte Tania.

»Pscht«, unterbrach ich sie, so kannst du das nicht sagen.«

»Ja, wie denn dann?«, fragte Tania.

Ich zuckte mit den Schultern und hielt ihr das Schälchen mit den Keksen hin. »Noch einen?«

Tania sagte nie nein. Sie war versessen auf Kekse. »Sie ist sehr schön«, sagte sie mit vollem Mund.

»Wer?«

»Na, deine Cousine«, versicherte mir Tania. »Sie sieht aus wie eine Puppe. Die macht doch bestimmt, was wir wollen.«

»Keine schlechte Idee.« Ich stellte meine Tasse ab. »Ich ruf mal an, vielleicht bringt Tante Barbara Dorle vorbei«.

Und tatsächlich traf Dorle schon eine Stunde später bei uns ein. Sie schwenkte ihre Puppe und zeigte zur Begrüßung wieder einmal mit dem Zeigefinger auf mich und sagte: »Du!« Ich zeigte auf ihre Puppe und sagte: »Die musst du jetzt aber ablegen«, was Dorle ausnahmsweise tat, woraufhin Tania mich anstieß.

»Jetzt bist du nämlich unsere Puppe«, sagte Tania zu Dorle.

»Nein«, widersprach ich einer plötzlichen Eingebung folgend: »Du bist unser Hund.«

Dorle sah mich überrascht an.

»Na, ihr habt doch einen zuhause«, erinnerte ich sie.

»Rex«, nickte Dorle.

»Dann bist du jetzt unser Rex.«

»Rex, echt jetzt?« Dorle kniete sich hin.

»Bei Fuß«, sagte ich, und Dorle kroch auf allen Vieren neben mir her. »Sehr brav, sehr schön Rex«, lobte ich Dorle, woraufhin sie bellte.

»Sitz«, versuchte es Tania.

Dorle reagierte nicht.
»Sitz«, wiederholte ich und Dorle setzte sich. »Spring«, befahl ich und hielt einen Keks in die Höhe. Dorle stand auf, um ihn sich zu greifen.
»Das gilt nicht!« Tania nahm Dorle den Keks wieder weg. »Friss mir aus der Hand«, bestimmte sie. Und Dorle biss in Tanias Hand, wenn auch nur leicht.
»Das reicht«, entschied ich. »Wir spielen doch lieber was anderes. Dorle, du bist jetzt unsere Puppe.«
»Nein, unser Baby«, schlug Tania vor.
Ich war einverstanden.
»Leg dich aufs Bett, Baby Dorle«, bestimmte ich, was Dorle artig tat. »Wir müssen deine Windel wechseln.«
Tania und ich begannen Dorle auszuziehen, was nicht einfach war, da sie herumzappelte und strampelte, am Ende aber war sie nackt. Hilflos lag sie vor uns auf dem Bett. Es war zu sehen, dass sie fror.
»Du bist dreckig«, sagte ich.

»Bin ich nicht«, setzte sich Dorle zitternd zur Wehr.
»Bist du wohl«, unterstützte mich Tania, «wir säubern dich, komm ins Bad.«
»Ihr müsst mich tragen, ich bin ein Baby«, verlangte Dorle.
»Du bist zu schwer«, antwortete ich. »Es macht also nichts, wenn du schnell ins Bad gehst und dich in die Badewanne setzt, du bleibst trotzdem unser Baby.«
»Baby Dorle«, sagte Dorle und ging ins Bad, wo wir sie in der Badewanne ordentlich einseiften und abbrausten. Wir wuschen Dorle sogar die Haare, wobei das Shampoo in ihre Augen lief, was Dorle zum Weinen brachte. Aber es gab kein Pardon für Dorle. Anschließend trockneten wir sie ab. »Du bist müde und musst jetzt schlafen, Baby Dorle«, sagte ich zu ihr. Dorle wehrte sich nicht mehr. Sie legte sich folgsam hin und schloss sogar die Augen, obwohl sie nicht schlief. Ich deckte sie zu: »Stör uns jetzt nicht mehr.«

Am Abend desselben Tages kamen Tante Barbara und Onkel Wieland zu uns. Dorle war inzwischen wieder bei den Großeltern, ich aber durfte noch eine Weile aufbleiben und bei den Erwachsenen sitzen. In den Gesprächen erfuhr ich, dass Dorle nicht zur Schule ging. Tante Barbara erklärte, dass es in Kinshasa internationale Schulen gab, in denen auf Englisch unterrichtet wurde, und fügte hinzu, dass Dorle nicht einmal auf eine deutsche Schule passen würde, da sie sowieso nicht mithalten könnte.

Vater führte daraufhin die Sonderschulen in Deutschland an und sprach von deren Konzept der kleinen Klassen und individuellen Förderung. »Manche Schüler schaffen am Ende der Schulzeit sogar ihren Hauptschulabschluss, das wäre doch etwas«, versuchte er zu überzeugen. Onkel Wieland hielt es allerdings für ausgeschlossen, dass er und Tante Barbara wegen Dorle nach Deutschland zurückkehren würden, und ergänzte, dass sie in Afrika in einem Land lebten, in dem ein großer Teil der Bevölkerung sowieso nicht zur Schule ging. »Es fällt also nicht weiter auf«, sagte er.

Und Tante Barbara sprach davon, Dorle selbst unterrichten zu können. Außerdem hätte Dorle in ihren Augen eine Schule nicht nötig, da sie in Afrika auch ohne Bildung ein gutes Leben führe. »Sie lebt dort wie eine Prinzessin«, schwärmte sie.

»Wie eine weiße Prinzessin«, bemerkte Vater sarkastisch.

»Aber kann sie denn lesen?«, schaltete ich mich ein.

»Nein«, verkündeten Tante Barbara und Onkel Wieland unisono.

Mir verschlug es die Sprache. Dass Dorle nicht lesen konnte, war unvorstellbar. Ich erinnerte mich noch gut daran, wie ich mit dem Finger Buchstabe für Buchstabe, Wort für Wort, Zeile für Zeile, Seite für Seite, Geschichte für Geschichte zu lesen begonnen hatte und schließlich Buch für Buch. Ich war mir wie Christoph Kolumbus vorgekommen, Lesen bedeutete die Entdeckung einer neuen Welt. Und nicht nur einer, sondern vieler Welten. Es gab nichts Schöneres!

»Was hältst du davon, wenn ich dir etwas vorlese?«, fragte ich Dorle. Ich hatte uns einen Früchtetee bereitet, den ich wie gewohnt mit Keksen servierte, nur dass mir jetzt, anstelle von Tania, Dorle gegenüber saß. Ich las ihr aus meinem Pippi Langstrumpf Buch vor. Ich fand, dass Pippilotta Viktualia Rollgardina Pfefferminz Efraimstochter Langstrumpf gut zu Dorle passte. Nicht nur, weil sie nicht zur Schule ging, sondern vor allem, weil Pippi etwas Eigenwilliges und Ungezähmtes hatte wie Dorle. Sie sprach von nichts anderem mehr als von Herrn Nilsson. »Vielleicht bekomme ich in Afrika einen Affen«, hoffte sie und kündigte an, dass ihr Affe dann aber nicht, wie Herr Nilsson, in einem Puppenbett schlafen müsste, sondern zu ihr ins Bett dürfte. »Ich nenne meinen Herrn Nilsson Frederike«, sagte sie und gab mir einen Kuss, der feucht war, er klebte auf meiner Wange. Und ich stellte verwundert fest, dass ich Dorle vermissen würde.

Dorles Paradies

»Das einzige Paradies ist das verlorene Paradies.«
Marcel Proust

Schon die Briefmarke war etwas Besonderes, sie zeigte den Präsidenten des Zaire, Mobutu. Er trug die für ihn so typische Leopardenmütze, ohne die man ihn so gut wie nie sah, was Vater mit einem Kopfschütteln registrierte. Er meinte, Mobutu sei ein gefährlicher Mann, der einem Geheimbund angehören würde, in dem die Menschen glaubten, sich in Leoparden verwandeln zu können. Jetzt war ich an der Reihe, meinen Kopf zu schütteln: »Was für ein Blödsinn!«
Vater verwies darauf, dass es auch in unseren Breitengraden Menschen gebe, die an die Existenz von Werwölfen glaubten. In seinen Augen nutzte Mobutu den Mythos vom Leopardenmenschen geschickt für seine Selbstdarstellung. Das zeigte im

Übrigen auch die Wahl seines Namens »Mobutu Sese Soko Kuku Ngbendu wa Zabanga«, der übersetzt: »Der Krieger, der von Eroberung zu Eroberung schreitet, ohne Angst zu haben« bedeutete. Mobutu wollte Eindruck schinden. Ich fand diese Art von Angeberei lächerlich. Aber das Postwertzeichen mit Mobutus Bild war dennoch ein schönes Geschenk. Ich versuchte es vorsichtig vom Umschlag zu lösen, um ihm einen Ehrenplatz in meinem Briefmarkenalbum zu verleihen.

»Öffne auch den Brief«, erinnerte mich Vater. Das hätte ich fast vergessen, da ich nicht mehr als die üblichen Geburtstagsgrüße erwartete. Stattdessen enthielt der Umschlag ein Flugticket nach Kinshasa.

Ich wusste nicht, ob ich mich freuen sollte. Ich hatte mich im letzten Sommercamp in Hein Dirk verliebt. Mehr als Händchenhalten und Küssen war nicht drin gewesen, aber wir gingen seitdem miteinander, hatten uns viele Briefe geschrieben, konnten es kaum erwarten, uns wieder zu sehen und waren in diesem Jahr für das Sommercamp fest verabredet. Und jetzt machte mir das Geschenk von Tante Barbara und Onkel Wieland einen Strich durch die Rechnung, nur konnte ich das nicht so sagen. Es wäre undankbar gewesen, und es war ja vielleicht auch eine tolle Aussicht, nach Afrika zu reisen, wer bekam schon so eine Möglichkeit? Außerdem hatte ich eh keine Wahl, der Flug war bereits gebucht und bezahlt. Und schließlich ging es ja auch um Dorle. Ich hatte sie lange nicht gesehen.

Da ich zum ersten Mal in meinem Leben fliegen würde und dann gleich bis nach Afrika und das auch noch allein, buchten meine Eltern einen Betreuungsservice für mich. Ich teilte der Stewardess, die mich in Empfang nahm, mit, dass ich nicht vorhatte, sie in Anspruch zu nehmen, ich sei schließlich kein kleines Kind mehr. In Wirklichkeit jedoch war ich so aufgeregt, dass ich, noch bevor das Flugzeug abhob, mehrere Reisetabletten schluckte.

Ich verschlief den ganzen Flug und selbst die Landung, die Stewardess hatte ihre liebe Not, mich zu wecken. Ich war so wackelig auf den Beinen, dass sie mich zu Tante Barbara begleiten musste, die mich Zigarette rauchend vor dem Flughafen erwartete. Ich sah sie verschwommen, wankte auf sie zu und gähnte zur Begrüßung. Tante Barbara verfrachtete mich kurz entschlossen auf den Rücksitz eines Autos, das von einem schwarzen Chauffeur in weißer Kleidung gefahren wurde, wie ich noch registrierte, bevor ich wieder die Augen schloss.

Ich habe keine Ahnung, wie ich in das

Doppelbett gekommen bin, in dem ich am nächsten Morgen erwachte, als der Tag mit dem Geschrei exotischer Vögel in meinem Kopf explodierte. Wo war ich? Und vor allem: Wer lag neben mir? Dorle. Sie hatte das Bettlaken, das auch über mich gebreitet war, in der Nacht offensichtlich weggestrampelt, ihr Nachthemd war hochgerutscht, ihr blondes Haar lag wie ein Fächer auf das Kopfkissen gebreitet, Dorles Mund stand offen, sie schnarchte leise.
Wie sehr sie sich verändert hatte! Dorle hatte einen üppigen Busen, ein breites Becken, alles an ihr war weich und fließend. Ich stellte bewundernd fest, dass sie zu einer Frau herangereift war, was man von mir nicht unbedingt behaupten konnte. Kaum zu glauben, dass wir uns einmal ähnlich gesehen haben sollten. Sicher, auch ich hatte inzwischen meine Regel bekommen, aber die Brüste, die sich bei mir entwickelt hatten, waren

klein, ich hatte auf mehr gehofft, das war wirklich enttäuschend. Und überhaupt war ich schlaksig und dünn, ich stakste auf Storchenbeinen durch die Gegend, und auch mein kleiner Po und meine schmalen Hüften wirkten nicht fraulich. Nichts an mir.
Dafür aber war ich federleicht. Ich konnte rennen und springen und tanzen, alles an mir war immer in Bewegung, so auch jetzt. Ich hielt es um keinen Preis länger im Bett aus. Ich hatte den gestrigen Tag ja schon verpasst, das durfte nicht noch einmal passieren. Also schälte ich mich aus dem Laken und schob das Moskitonetz, das wie ein jungfräulicher Schleier vom Baldachin über unserem Bett herabhing, vorsichtig zur Seite. Wie ein Schmetterling schlüpfte ich aus dem Kokon.
Leise verließ ich das Zimmer. Es war noch früh am Morgen, dazu Sonntag, alle schliefen. Ich war die Einzige, die durch die Villa irrte, die mir riesig vorkam,

so ein Haus hatte ich noch nie gesehen. Da reihte sich Flur an Flur, Zimmer an Zimmer, Tür an Tür, Deckenventilator an Deckenventilator, die die warme Luft unablässig hin- und herschaufelten. Und all das mündete in einem hellen, lichten Wohnzimmer mit Teakholzmöbeln, Ledersofas, einem Zebrafell auf dem Boden und zahlreichen afrikanischen Masken an den Wänden, die mir so fremd waren, dass ich meinen Augen kaum traute. Und meinen Ohren erst recht nicht, als mich plötzlich eine kehlige, kratzige Stimme mit: »Guten Morgen« begrüßte. Ich sah mich suchend um und entdeckte in einer Ecke des Wohnzimmers einen Käfig. Vorsichtig trat ich an ihn heran und sagte ebenfalls: »Guten Morgen«, zu dem auf einer Stange sitzenden Graupapagei, der sich gerade seinen Schnabel wetzte. Er unterbrach seine Morgentoilette und fragte: »Wo sind meine Zigaretten?«
Ich musste lachen, denn diesen Spruch

hatte der lustige Vogel mit Sicherheit von Tante Barbara aufgeschnappt. Ich war gespannt, was er noch alles von sich geben würde. Dem Papagei aber war nicht mehr danach, weiter zu sprechen. Stattdessen rückte er nah an das Gitter und neigte zutraulich seinen Kopf, so dass ich ihn hätte streicheln können. Ich hätte dafür nur meinen Finger in den Käfig stecken müssen, aber das traute ich mich nicht, vielleicht würde er mich beißen.

Außerdem drängte es mich in den prächtigen Garten, der die Villa umgab, und den man aus all ihren Fenstern bewundern konnte. Ich öffnete die Terrassentür und trat hinaus ins gleißende Licht. Die heiße Luft, die mir entgegenschlug, nahm mir den Atem. Wie von selbst lenkten mich meine Schritte über das satte Grün des dichten, kurz geschnittenen Rasens, der sich wie ein Teppich unter meinen nackten Füßen ausbreitete, in Richtung Schwimmbecken, das in einer Ecke des Gartens, unter hohen Palmen gelegen, Kühlung versprach. Erwartungsvoll tauchte ich meine Zehen ins Nass und wurde enttäuscht: Das Wasser war brühwarm. Von der Hitze ermattet sank ich auf einen der Liegestühle, die den verwaisten Pool umstanden. Ich sah in den blauen, hohen Himmel über mir, den nichts, aber auch gar nichts trüben konnte, schloss wie geblendet die Augen und schlief sofort ein. Das war wohl der Restwirkung der Reisetabletten zuzuschreiben.

Dorle weckte mich. Ihr weißes Gesicht sah mild auf mich herab wie der Vollmond, und mir kam unwillkürlich ein Sprichwort aus China in den Sinn: »Die Sterne können den Glanz des Mondes nicht vermehren.«
»Frederike«, sagte Dorle im typischen Singsang ihrer Stimme, die sich nicht verändert hatte und kindlich klang wie früher. »Es gibt Frühstück.«

Ich folgte ihr ins Wohnzimmer, wo Tante Barbara und Onkel Wieland am Esstisch saßen. Tante Barbara rauchte bereits ihre erste Zigarette und trank dazu eine Tasse Kaffee, nicht zu vergessen den Sekt, der im Glas, das vor ihr stand, prickelte. Sie erklärte, morgens nie etwas zu essen und im Übrigen in der Frühe auch nicht besonders gesprächig zu sein.

Onkel Wieland, der sich mit Milch und Marmeladentoast begnügte, während er das Wall Street Journal las, blickte uns über den Rand seiner Zeitung kurz an, nickte uns freundlich zu und las weiter. Dorle und ich wurden von einer Haushaltshilfe umsorgt, deren weiße Kleidung auf ihrer schwarzen Haut unwirklich leuchtete. Sie brachte uns frisch gepressten Orangensaft, Toast mit Marmelade und Früchte, die ich bis auf Banane und Kiwi nicht kannte.

»Mango, Passionsfrucht, Litschi und Papaya«, klärte Dorle mich auf, nahm eine

Banane und rief: »Frederike«. Sofort flatterte der Papagei, dessen Käfigtür inzwischen offen stand, zu ihr, setzte sich auf Dorles Schulter und ließ sich füttern.
»Er heißt Frederike?«, fragte ich erstaunt. »Dann ist das dein Herr Nilsson!«
»Herr Nilsson?« Dorle erinnerte sich nicht.
»Ich meine den Affen, den du haben wolltest.«
»Was für ein Affe? Dies ist mein Papagei, und wir wissen nicht, ob es ein Mädchen oder ein Junge ist, da er bisher keine Eier gelegt hat. Ich nehme trotzdem an, dass er ein Mädchen ist. Ein Mädchen, das Frederike heißt, wie du«, sagte Dorle und liebkoste den Papagei, der daraufhin: »Küss mich« sagte.
Dorle küsste ihn auf den Schnabel.

Nach dem Frühstück zogen Dorle und ich unsere Badeanzüge an und gingen zum Pool. Wir planschten im warmen Wasser herum und räkelten uns hinter-

her faul auf den Liegen. Dorle lag dort hingegossen, der Sonne hingegeben, das Wasser perlte an ihrer Haut ab. Sie hielt ihre Augen geschlossen, so dass ich sie in Ruhe betrachten konnte.
Dorles Busen sprengte fast ihr Dekolleté, alles an ihr wirkte drall und fest. Sie erschien mir wie eine überreife Frucht. Dorle passte hierhin. Hier hinein, in die afrikanische Natur. An den Äquator, der vor Feuchtigkeit und Hitze nur so dampfte. In das überbordende, satte Grün des tropischen Gartens, in dem sie wie eine exotische Pflanze wuchs und gedieh. Denn Dorle war zu allem Überfluss weiß. Das machte in Afrika natürlich einen noch größeren Reiz aus, stellte aber auch eine zusätzliche Gefahr da.
Dorle öffnete ihre Augen. »Hast du einen Freund?«, fragte sie mich mitten in meine Betrachtungen hinein.
Ich nickte.
»Wie ist er?«, Dorle war neugierig.

»Wir schreiben uns.«
»Küsst ihr euch?«
»Na, sicher doch.«
»Habt ihr Sex?«
»Natürlich nicht, das ist doch viel zu früh. Dafür sind wir zu jung«, entrüstete ich mich.
»Alle haben Sex. Affen, Pferde und Löwen. Sex macht Babys«, sagte Dorle und schwieg eine Weile, bevor sie bekannte: »Ich möchte auch Sex. Und Babys.«
»Dafür sind wir zu jung«, wiederholte ich mich.

Schon am Nachmittag wurde ich unruhig: »Lass uns raus!«
Dorle sah mich verwirrt an. »Wir sind doch draußen.«
»Ich meine auf die Straße. Ein bisschen Afrika erkunden«, schlug ich vor.
»Das geht nicht«, mischte Tante Barbara sich ein, die sich zu uns ans Schwimmbecken gesellt hatte, um ihre Nägel zu

lackieren. »Die Schwarzen, die Krankheiten, das Wetter, das ist alles zu gefährlich.«
»Aber wieso bin ich nach Afrika geflogen, wenn ich es jetzt nicht sehen darf?«, regte ich mich auf.
»Du bist hier, um Dorle Gesellschaft zu leisten. Und du wirst schon genug erleben, wir geben demnächst eine Party.«
»Was hat das mit Afrika zu tun?«
»Wir *sind* in Afrika, dies *ist* Afrika«, erklärte Tante Barbara und nippte an ihrem Cocktail, den sie jeden Nachmittag trank. Es musste immer ein anderer sein, heute war es das Lieblingsgetränk von Ernest Hemingway: ein Mojito. »Genieß doch einfach dieses Eden, das bekommst du so schnell nicht wieder«, seufzte sie, zog am Strohhalm und wies in den Garten, der mit seinen Blumen und Sträuchern und Bäumen und Vogelstimmen und Früchten wirklich paradiesisch aussah. So gesehen hatte Tante Barbara recht.
Jedes Kind weiß, dass man das Paradies

nicht verlassen darf, sonst entschwindet es. Es kann nur abgeschottet von der Welt existieren. In einem geschützten Raum, von dem seine Bewohner im besten Fall noch nicht einmal wissen. Dorle jedenfalls war sich ihres Paradieses nicht bewusst. Wie ich noch erleben sollte, zog sie sich manchmal mitten in der Nacht aus, streifte ihr Nachthemd ab und lief in den Garten, wo sie im Tropfenregen des Rasensprengers herumsprang. Gerade das machte ja ihr Glück aus. Diese herrliche Unschuld, die darin lag. Sie machte Dorle nochmal so schön.

Aber was hatte das mit mir zu tun? Von mir aus konnte der Garten so traumhaft sein, wie er wollte, mich langweilte er trotzdem. Ich war sechzehn Jahre alt, begann mich nach dem Sinn des Lebens zu fragen und brauchte das, was im Paradies nicht nur verpönt, sondern sogar verboten war: Ich wollte Erkenntnis.

Mir blieb nichts anderes übrig, als eine Tradition wieder aufzunehmen. Um uns die Zeit sinnvoll zu vertreiben, begann ich Dorle vorzulesen. Leider hatte ich nur ein Buch in den Urlaub mitgenommen, das ich für die Schule durcharbeiten musste. Es handelte sich um Theodor Fontanes Effi Briest.
Und so lagen Dorle und ich auf den Stühlen im tropischen Garten, während der afrikanische Himmel sich wie ein Zeltdach über uns wölbte, und hatten Mitleid mit ihr. Mitleid mit Effi. Weil sie so jung war wie wir, als sie Baron von Innstetten heiraten musste, der viel älter war als sie. Wir verstanden, dass sie eine Affäre hatte, na was denn sonst? – und waren entsetzt, als Innstetten Effis Liebhaber im Duell tötete – und noch entsetzter, als Effis Eltern meinten, sie verstoßen zu müssen – und traurig, weil Effi dann, immer noch jung, starb. Was für ein Irrsinn, dem musste man doch etwas entgegensetzen. Deshalb

rannten wir zwischendurch immer wieder ins Haus zum Plattenspieler von Dorles Eltern und legten den Lieblingssong von Tante Barbara auf. »Kann denn Liebe Sünde sein, darf es niemand wissen, wenn man sich küsst, wenn man einmal alles vergisst, vor Glück«, sangen wir und waren uns in allem einig. Wir mochten die tiefe, raue Stimme von Zarah Leander. Und wir wussten damals nicht, dass sie das Film-Idol im Dritten Reich gewesen war, wir wussten nicht, dass Joseph Goebbels sie verehrte. Ich nicht und Dorle erst recht nicht. Sie wusste ja nicht einmal, dass es Adolf Hitler gegeben hatte. »Lieber will ich sündigen, als ohne Liebe sein«, brüllten wir im Duett und tanzten durchs Haus.

Zu Afrika passte das alles natürlich gar nicht, aber was hatte in diesem Haus schon mit Afrika zu tun? Vielleicht nur die Tatsache, dass Tante Barbara und Onkel Wieland in Kinshasa so herrschaftlich leben konnten, wie sie es taten. Das wäre ihnen in Deutschland nicht möglich gewesen. Ich wusste nur nicht, wie man das nannte. Vielleicht kolonial?

»Und wenn schon.« Onkel Wieland erklärte, dass die Schwarzen, die er beschäftigte, froh sein könnten, für ihn zu arbeiten, da sie normalerweise viel weniger verdienen würden. Er behauptete, ihnen ein gutes Leben zu ermöglichen. »Und was den Kolonialismus angeht«, fuhr er fort, »wie weit hätte es Afrika denn ohne ihn gebracht?« Man müsste sich ja nur einmal ansehen, wie die Schwarzen miteinander umgehen würden. Mobutu sei das beste Beispiel dafür. Er würde seine Landsleute ausbeuten und hätte Milliarden gescheffelt. »Der trinkt Champagner aus Kübeln«, behauptete Onkel Wieland und meinte, da bräuchte er selbst doch nun wahrhaftig kein schlechtes Gewissen zu haben für

seinen vergleichsweise bescheidenen Lebensstil. Mal davon abgesehen, sei Afrika für Dorle nun mal das Beste. »Von den Schwarzen wird sie nicht als Behinderte gesehen, sondern in erster Linie als Weiße«, beendete Onkel Wieland seine Rede.
»Vielleicht sind wir in ihren Augen alle behindert«, lachte ich.
Aber Onkel Wieland fand das nicht witzig.

Doch ich mochte das nicht, die Art, wie hier im Haus mit den Schwarzen umgegangen wurde. Ich störte mich daran, dass alle als Bedienstete auftraten und ausschließlich in dieser Funktion wahrgenommen wurden.
»Mit denen sprechen wir ansonsten nicht«, hatte mich Dorle unterrichtet.
Ich aber war nicht gewillt, das so hinzunehmen und versuchte eines Tages, die Rollen zu tauschen. Ich wollte auch mal etwas für einen der Angestellten tun und

überredete Dorle mitzumachen. Wir beschlossen, dem Grundstückswächter ein Frühstück zu servieren und machten uns in der Küche an die Arbeit. Wir schnitten Obst zurecht und richteten es appetitlich auf einem Teller an, legten eine Gabel dazu und spazierten zum Tor, wo Rex bellend auf uns zulief, obwohl, humpeln traf es wohl eher.

Rex war inzwischen ein alter, auf einem Auge blinder, müder Geselle. Onkel Wieland hatte neulich vorgeschlagen, ihn einzuschläfern, aber das kam für Dorle nicht in Frage. »Rex ist König«, hatte sie wie damals gerufen, und einen König entthronte man nicht. Im Gegenteil, einem König hatte man zu folgen, wie jetzt Dorle Rex zum Wächterhäuschen folgte. Sie hielt dem »Guardian«, wie Dorle ihn nannte, das Frühstück hin.

»It's for you«, sagte ich zur Erklärung.

Der junge Bursche nahm Dorle den Teller unsicher ab.

»Eat it«, befahl sie ihm.

Das war eigentlich das Gegenteil dessen, was ich hatte erreichen wollen, denn jetzt begann der Guardian auf Befehl hin zu essen. Wir sahen zu, wie er das Obst mit der Gabel aufspießte und in seinem Mund verschwinden lies, Dorle klatschte dazu wieder einmal vor Begeisterung in die Hände. Dann nahm sie dem Guardian die Gabel weg und begann selbst zu essen. Dorle leckte sich dabei den Mund, wie ein Kätzchen, das Milch getrunken hat. Sie war ein richtiges Leckermäulchen, und es fehlte nur noch, dass sie vor Wohlbehagen geschnurrt hätte. Sie benahm sich unmöglich. Anschließend wollte sie den Guardian füttern wie ein Kind, was er sich widerstrebend gefallen ließ. Doch für Dorle war der Spaß noch nicht zu Ende.

»Feed me«, forderte sie, und der Guardian kam auch diesem Wunsch nach und fütterte nun Dorle. Das sah fast aus wie ein bizarres Liebesspiel. Hier geriet offensichtlich etwas außer Kontrolle.

»No more!« Ich nahm den beiden den Teller weg. »Du kommst mit mir«, sagte ich zu Dorle.

»Ist deine Idee gewesen«, erinnerte sie mich.

Ich aber drohte ihr: »Erzähl das mal deinem Vater, wenn er dich hier so sieht.«

Wir gingen. Doch dann drehte Dorle sich zu dem Guardian um und winkte ihm zum Abschied. Er winkte zurück, woraufhin Dorle begann, mit ihrem Allerwertesten zu wackeln. Sie führte einen obszönen Hinterntanz auf. Was für ein Schlamassel! Ich wusste, dass wir eine Grenze überschritten hatten. Dass es meine Schuld war, musste mir Dorle nicht sagen. Aber was, wenn das weiter ging? Was, wenn der Guardian Dorles Verhalten als Aufforderung verstand und sich ihr eines Tages nähern würde? Das

konnte ich unmöglich verantworten. Mir blieb nichts anderes übrig, als es Tante Barbara und Onkel Wieland zu erzählen, was ich noch am selben Abend tat, als Dorle zu Bett gegangen war.
Die beiden reagierten, indem sie dem Guardian kündigten, was ich nicht beabsichtigt und nicht gewollt hatte. Auch daran war ich schuld. Und vielleicht war ich sogar schuld an dem, was dann noch folgte, als ich längst wieder in Deutschland war.

Aber erst einmal war ich noch hier. Bei Dorle. Ich kroch zu ihr ins Bett, sie atmete leise. Ich bewegte mich so wenig wie möglich, um sie nicht zu wecken und sah ins Dunkel. Die afrikanischen Nächte waren schwarz. Ich empfand sie wie einen Vorhang aus Samt, der sich schwer und warm und weich über mich legte.
Plötzlich spürte ich, dass Dorle noch wach war. Sie begann sich vorsichtig

zu bewegen und lauter zu atmen. Ich brauchte eine Weile, bis ich begriff, dass sie sich selbst befriedigte. »Dorle, was tust du da?« Sie antwortete nicht, Dorle machte einfach weiter.
Hinterher drehte sie sich auf die Seite und schlief sofort ein. Nur ich lag atemlos wach bis zum Morgen.

Der Morgen des Tages, an dessen Abend die angekündigte Party stattfinden sollte. Dorle und ich machten uns dafür schick. Wir trugen beide neue Kleider aus afrikanischen Stoffen, die uns Tante Barbara extra für diesen Anlass hatte nähen lassen. Wir fühlten uns schön und waren gespannt, als sich das Tor öffnete und die Gäste hereinströmten – was für eine Enttäuschung! Es waren ausschließlich Weiße. Ich hatte so sehr auf Afrikaner gehofft, mit denen ich mich endlich einmal hätte unterhalten können.
Und die geladenen Weißen waren auch

noch alle in Tante Barbaras und Onkel Wielands Alter. Sie waren alle alt, und ich verlor augenblicklich mein Interesse.
Doch Dorle amüsierte sich prächtig. Sie setzte sich im Laufe des Abends sogar einem älteren Herrn auf den Schoß. Dorle legte ihm ihre Arme um den Hals und küsste ihn auf den Mund, was er abzuwehren versuchte. Dorle aber hörte nicht auf, so dass die Frau des Mannes schließlich aufsprang und rief: »Nun haltet sie doch zurück!«
Onkel Wieland eilte herbei und zerrte Dorle, die sich heftig wehrte, vom Schoß des hilflosen Mannes. Onkel Wieland entschuldigte sich für seine Tochter, aber die Frau war nicht zu beruhigen. »Wir gehen«, forderte sie und stöckelte auf ihren Absatzschuhen durch den Garten, während ihr Mann wie ein begossener Pudel hinter ihr her lief.
Tante Barbara brachte derweil die weinende Dorle auf ihr Zimmer.

»Wie peinlich«, kommentierte eine Frau neben mir und nippte an ihrem Cocktail. »Dorle ist wie ein ungezähmtes Tier. Der müsste mal jemand Manieren beibringen.«
»Sie meint es nicht böse. Sie kann nichts dafür«, verteidigte ich Dorle.
»Auch Tiere können nichts für ihr Verhalten.«
»Dorle ist ein Mensch.«
»Umso schlimmer«, sagte die Frau. »In Deutschland hätte man sie längst weggesperrt. In Afrika kann sie nur so leben, weil Afrika selbst wild ist.«
»Wovon man hier leider nicht viel spürt«, entgegnete ich ungewohnt aufsässig und fügte hinzu: »Entschuldigen Sie mich bitte. Aber ich sehe jetzt nach meiner Cousine.«

Einen Tag vor meiner Abreise hatte ich es endgültig satt. Ich konnte das Paradies nicht mehr ertragen. Und mir blieb nicht mehr viel Zeit, um Afrika zu erleben, sonst konnte ich nicht behaupten, überhaupt hier gewesen zu sein.

Ich wartete, bis Tante Barbara mit dem Chauffeur zum Einkaufen gefahren war. Onkel Wieland hatte sich schon in den frühen Morgenstunden in sein Büro bringen lassen. Dorle und ich waren also allein. »Wir machen einen Spaziergang«, teilte ich ihr mit.

»Wir gehen raus, echt jetzt?«, fragte Dorle skeptisch, »das darf ich nicht.«

»Ich bin ja bei dir«, entgegnete ich, ging entschieden zum Rand des Gartens, kraulte Rex beruhigend hinter den Ohren und bat den neuen Guardian, das Tor zu öffnen. Er weigerte sich.

»Open it«, befahl Dorle barsch.

Der Guardian gehorchte.

Aber es ist keine einfache Sache, das Paradies zu verlassen. Wir fühlten uns auf der

Stelle nackt, allein wegen der Tatsache, dass wir weiß waren und nicht schwarz. Die Welt jenseits des Tores, das sich hinter uns schloss, als wenn es sich nie wieder öffnen wollte, war eine vollkommen andere. Hier säumten ärmliche Hütten die staubige Straße. Die Erde unter unseren Sandalen, durch die unsere weißen Füße blitzten, war rot. Frauen in bunt bedruckten Kleidern trugen Körbe mit Früchten auf den Köpfen, ein paar junge Männer spielten Fußball, einer verrichtete am Straßenrand hockend seine Notdurft, ein Hund bellte uns an, überall lag Müll herum, eine Horde Kinder lief hinter uns her und holte uns ein. Sie umschwirrte uns wie ein Schwarm Mücken, den wir nicht mehr loswurden. »No!«, Dorle begann mit der Hand panisch um sich zu schlagen, als könne sie die schwarze Traube so verscheuchen. »Wir gehen zurück«, entschied ich, aber die Kinder versperrten uns den Weg. Sie streckten uns fordernd ihre Hände entgegen, doch wir hatten kein Geld dabei. Ich sagte nur immer wieder: »Sorry, no money«, was die Kinder entweder nicht verstanden oder aber nicht glaubten. Sie kamen uns immer näher und begannen uns anzufassen, plötzlich aber stoben sie auseinander. Eine Staubwolke wirbelte auf, ein Auto hielt direkt auf uns zu, eine der Autotüren öffnete sich, Tante Barbara sprang heraus: »Wir haben euch überall gesucht, um Himmels willen, was macht ihr hier?«

Dorle antwortete, indem sie nach langer Zeit endlich wieder einmal mit dem Finger auf mich zeigte. »Frederike« war alles, was sie sagte.

So verriet sie mich, doch ich konnte es ihr nicht übelnehmen. Ich hatte den Schutzwall, der uns umgab, schließlich durchbrochen und sie unerlaubt aus dem Garten geschleppt.

Tante Barbara befahl uns, ins Auto zu

steigen. Und so hatte mein kurzer Ausflug nach Afrika nicht länger als eine halbe Stunde gedauert. Er wurde von Tante Barbara mit einer Backpfeife belohnt, die lange in meinem Gesicht brannte.

Dorle nahm mich zum Abschied in den Arm. Sie wollte mich gar nicht mehr loslassen und flüsterte in mein Ohr: »Wie war Afrika?«

»Schwarzweiß«, flüsterte ich zurück, als dürfte man das nicht laut aussprechen, als wäre es ein Geheimnis.

»Schwarzweiß, echt jetzt?«, widersprach Dorle laut. »Nein. Afrika ist bunt wie Dorle. Komm wieder«, bat sie mich eindringlich, und ich versprach es.

Gute Nacht

»Nichts wird so leicht für Übertreibung gehalten wie die Schilderung der reinen Wahrheit.«
Joseph Conrad

Ich erfuhr es beiläufig von Großmutter und Großvater. Es war eigentlich ein schöner Tag, ein Feiertag zudem, und ich war in bester Sonntagslaune. Ich saß bei den Großeltern am Kaffeetisch und aß von Großmutters selbstgebackener Schwarzwälder Kirschtorte mit extra viel Sahne. Und da die Sonne durchs Fenster schien und den Frühling verheißungsvoll ankündigte und ich in letzter Zeit sowieso nur noch Ringelnatz las, weil er so heiter war und so skurril, zitierte ich auch gleich aus seinem Frühlingsgedicht: »Ein süßer Duft von Havanna, verweht in ringelnde Spur, ich fühle an meiner Susanna, erwachende neue Natur«, woraufhin Großmutter sagte: »Dorle haben sie ja jetzt sterilisiert.«

Ich sah sie verständnislos an, fragte: »Sie haben was?«
»Sie haben Dorle unfruchtbar gemacht.«
»Aber warum denn?«
»Damit sie keine Kinder bekommen kann.«
»Aber warum denn?«, fragte ich noch einmal.
»Dorle könnte ihre Behinderung vererben«, erklärte Großmutter.
»Das ist doch nicht sicher!«
»Sie saß ja auch ständig allen auf dem Schoß«, mischte Großvater sich ein.
»Und du meinst, das tut sie jetzt nicht mehr?«
»Es hat zumindest keine Konsequenzen.«
»Wollte Dorle das denn?«
»Soweit ich weiß, wurde sie nicht gefragt. Wozu sie beunruhigen.«
Das verstand ich nicht. Hatte Dorle denn kein Recht auf eine eigene Meinung?
»Das besitzt sie als geistig Behinderte nur eingeschränkt«, meinte Großvater.
»Dorle wollte Kinder«, protestierte ich.

»Sie war doch gar nicht in der Lage, bewusst Entscheidungen zu treffen«, argumentierte Großmutter.

»Dann seid ihr also damit einverstanden«, stellte ich fest.

»Was heißt einverstanden?« Großvater nahm sich noch ein Stück Schwarzwälderkirsch. »Unter Hitler haben sie noch ganz andere Dinge mit den Behinderten gemacht. Da ist das hier vergleichsweise harmlos.«

Ich ging nach Hause, um mich in das Arbeitszimmers meines Vaters zu begeben, wo eine Menge Bücher standen. Erdkunde, Astronomie, Physik, Philosophie, Literatur, nicht zu vergessen die Bibel, Vater studierte so ziemlich alles. Ich blätterte in seinen Geschichtsbüchern und las all die schrecklichen Begriffe der Nazi-Zeit wie beispielsweise »Rassenhygiene«, »Reinigung des Volkskörpers«, »lebensunwertes Leben« oder »Gnadentod«. Ich musste dabei feststellen, dass mir die Verbrechen an den Juden zwar bewusst gewesen waren, dass ich aber von dem Schicksal der Menschen mit Behinderungen im Dritten Reich nichts gehört hatte. Davon hatte ich in der Schule nichts erfahren. Ich wusste nichts von der sogenannten »Aktion T4«, nichts vom »Gesetz zur Verhütung erbkranken Lebens«, nichts von den Zwangssterilisationen, nichts von Eugenik und Euthanasie. Es war, als würde sich ein Abgrund vor mir auftun. Und wie sagte mein Vater doch immer, indem er Paul Valéry zitierte: »Im Abgrund der Geschichte ist für alle Platz«, und nun stürzte ich hinein. Direkt in diesen Abgrund, denn die Sache war ja offensichtlich noch nicht vorbei, wenn sie Dorle passierte. Und das ausgerechnet in meiner Familie.

Wie sollte ich damit umgehen? Wie konnte ich Dorle in Zukunft noch begegnen?

Sollte ich sie darauf ansprechen? Wusste sie überhaupt, was mit ihr geschehen war? War so etwas heutzutage denn überhaupt noch erlaubt? Und wenn, dann in welchen Ländern?

»Es findet sich immer jemand, der so etwas unter der Hand tut, wenn man genügend Geld auf den Tisch legt«, behauptete mein Vater.

Ich konnte das kaum glauben. Ich versuchte mir vorzustellen, wie ich mich an Dorles Stelle fühlen würde, aber das war mir nicht möglich. Ich sah sie vor mir, in all ihrer Lebendigkeit und der Hitze der Tage, die wir in Afrika gemeinsam verbracht hatten. Dorle war so sehr Körper gewesen. Ihr Köper, das war doch Dorle!

»Wie geht es dir?«, fragte ich sie, als wir uns wieder sahen. Dorle war mit ihren Eltern endlich wieder einmal auf Heimaturlaub. Sie verbrachten ihre Zeit in dem extra für sie überhitzten Haus der Großeltern. Und ich muss schon sagen, Dorle hatte sich völlig verändert. Sie war dick geworden, richtig aufgequollen kam sie mir vor, und sie saß die ganze Zeit über lethargisch auf dem Sofa. Dorle zeigte an kaum noch etwas Interesse. Sie hatte keine Lust mehr rauszugehen, etwas vorgelesen zu bekommen, zu spielen oder sich auch nur zu unterhalten, Dorle wollte nur noch fernsehen und essen.

Ich erkannte sie kaum wieder und musste mich erinnern wie sie gewesen war: Dorle war mir immer wie ein Fisch vorgekommen, einer von denen, die in der Schwärze der Tiefsee leuchten. Das Leuchten war ja nicht nur dafür da, Partner anzulocken. Es diente auch zum Fangen von Beute, zur Abschreckung oder Ablenkung, es erfüllte viele Funktionen. Mit anderen Worten: Es war eine Form der Kommunikation. Und so war es auch bei Dorle gewesen. Ihr Kuscheln und Anfassen und Küssen und auf den Schoß setzen war ihre Art, Kontakt herzustellen und sich auszudrücken, und wenn es ausschließlich sexuell gedeutet worden war, dann war das eine Fehlinterpretation. Dorle war sich ihrer Sexualität ja gar nicht bewusst. Sie hatte unschuldig vor sich hin geleuchtet. Nur, dass dieses Leuchten jetzt verschwunden war. Sie wirkte vollkommen stumpf. Dorle war wie ein Fisch im Dunkeln.

»Wie geht es dir?«, fragte ich noch einmal, da Dorle mir nicht geantwortet hatte.

Sie zuckte mit den Schultern. »Wie geht es dir?«, fragte sie zurück.

»Gut«, gab ich zur Antwort.

»Gut, echt jetzt?«

Ich nickte. »Aber ich habe *dich* gefragt, ich möchte wissen, wie es *dir* geht.«

Dorle sah mich lange an, als wüsste sie, wonach ich ohne Worte fragte. »Das Leben ist bekloppt, Frederike«, sagte sie, hielt mir ihre Tüte Chips hin und klopfte auf das Sofa, auf dem sie saß. »Setz dich zu mir, lass uns fernsehen.«

Und das war es. Mehr taten wir in den letzten Tagen, die wir gemeinsam verbrachten, nicht – wir schauten bis zum späten Abend fern. Wir sahen alles Mögliche. Am liebsten aber mochte Dorle die Waltons, von denen sie gar nicht genug bekommen konnte.
Diese amerikanische Fernsehserie, die auch in Deutschland ausgestrahlt wurde und die kleinen und großen Abenteuer einer neunköpfigen Baptisten-Familie im ländlichen Virginia von der Weltwirtschaftskrise bis zum Ende des Zweiten Weltkrieges begleitete, wurde uns zur Sucht. Dorle mochte vor allem John Boy, und da trafen wir uns wieder, denn auch ich mochte ihn irgendwie, vielleicht weil John Boy Schriftsteller werden wollte. Außerdem war es, wenn wir vorm Fernseher hockten, auch ein

wenig wie früher, wir teilten eine Wirklichkeit, die genauso beschränkt war wie das Paradies. Wir lebten in einer Ersatzwelt. Und so sahen wir am Ende jeder Folge zu, wie das Licht im weißen Holzhaus der Waltons ausging – in dem dann nur noch ein oder zwei Fenster beleuchtet waren und leise Stimmen besprachen, was sie den Tag über erlebt hatten – und warteten auf dieses: »Gute Nacht Jim Bob. Gute Nacht Mary Ellen.« Vor allem aber auf: »Gute Nacht John Boy.« Dann schalteten wir den Fernseher aus: »Gute Nacht Frederike«, »Gute Nacht Dorle«. Mehr hatten wir uns nicht sagen.

Allerlei Absurditäten

»Jemand wird sich für dich erinnern.«
Henning Mankell

Dorle starb an Malaria. Das war nicht nur tragisch, ich empfand das als absurd. Schon allein, weil Tante Barbara und Onkel Wieland sich bei einem Gespräch über ein Moskitospray kennengelernt hatten. Aber ohne das Sumpffieber war Afrika nicht zu denken, ich erinnere mich, wie ich mit Tante Barbara im tropischen Garten darüber gesprochen hatte. Sie kannte sich erstaunlich gut aus, sie wusste um die Geschichte der Malaria und stellte mir Fragen, als wären wir in der Schule: »Woran scheiterten die christlichen Kreuzzüge? Wer stoppte die Mongolen? Was machte um 1400 in Kambodscha der Zivilisation der Khmer den Garaus?«
Dorles Papagei, der auf Tante Barbaras

Schulter saß, antwortete an meiner statt: »Alles Humbug, hoch die Tassen, Prost«, krächzte Frederike mit einer Stimme wie ein alter Pirat.
»Alles die Malaria«, fuhr Tante Barbara unbeirrt fort. »Wer Angst vor ihr hat, hat in großen Teilen der Welt nichts zu suchen«.

Und jetzt war Dorle tot.

Das Einzige, was mich tröstete, war die Tatsache, dass Dorle selbst Afrika für sich gewählt hatte und dass ich dabei gewesen war, als sie es tat. Meine Eltern hatten bei Dorles letztem Heimaturlaub vorgeschlagen, dass sie nicht nach Afrika zurückkehren sollte. Sie hätte in einer Behinderteneinrichtung einer nahe gelegenen Stadt, dessen Leiter Vater gut kannte, einen Platz finden können. Dorle wäre dort umsorgt gewesen, sie hätte einen Beruf erlernen können und wäre zudem unter ihresgleichen gewesen, aber das wollte sie nicht. Denn plötzlich kam Leben in die ansonsten meist apathische Dorle. »Ich bleibe in Afrika«, sagte sie. Dorle konnte eben doch eigenständig Entscheidungen fällen. Sie wusste genau, was sie nicht wollte.

Aber warum wurde ihr Leichnam dann nach Deutschland überführt? Was dachten sich Tante Barbara und Onkel Wieland dabei? Warum wollten sie ihre Tochter auf dem Friedhof in unserem Dorf beisetzen? Das war doch bestimmt das Letzte, was Dorle sich gewünscht hätte. Tante Barbara versuchte es mir auf meine Frage hin zu erklären. »Wielands Dienstzeit in Afrika ist zeitlich begrenzt. Wir werden nicht ewig dort leben und können Dorle nicht allein zurücklassen.« Das war verständlich und trotzdem empfand ich diese Entscheidung als abwegig.

Und es wurde alles noch absurder. Das Begräbnis Dorles wurde, wie alle Beerdigungen in unserem Dorf, in der Zeitung angekündigt, woraufhin fast alle Dorfbewohner kamen, um ihr die letzte Ehre zu erweisen. Dabei hatte doch kaum jemand hier Dorle gekannt. Was sollte das also? Wollten die Dorfbewohner damit Buße tun? Hatten sie ein schlechtes Gewissen, weil sie Tante Barbara schlecht behandelt hatten und die unglückselige Geschichte so ihren Anfang genommen hatte? Selbst Paul war da. Er ging zu Tante Barbara, um sein Beileid zu bekunden, aber sie nahm ihn gar nicht wahr.
Tante Barbara war auf Dorles Beerdigung nicht ansprechbar, weil hemmungslos betrunken, und das war es ja, was sie von Paul gelernt hatte. Dass auch sie das Recht hatte, sich zu vergessen, egal, welche Konsequenzen das nach sich zog. Absurd war auch die Tatsache, dass Onkel Wieland an der Trauerfeier in einem afri-

kanischen Kaftan teilnahm. Ausgerechnet er, der mit Afrika so gut wie nichts am Hut hatte, erlaubte es sich, so aufzutreten. Vielleicht versuchte er, seiner Tochter und ihrem Bekenntnis zu Afrika damit gerecht zu werden. Auf eine andere Art absurd war aber auch der Anblick meiner Großmutter, die nichts dafür konnte, dass ihr Aussehen alle so sehr an Dorle erinnerte, dass es weh tat. Der Auftritt meines Großvaters schmerzte noch mehr. Er war seit einem Jahr dement und wusste schlicht und ergreifend nicht, was er tat, als er in seiner Verwirrung auf ein blondhaariges Mädchen zustürzte, das auf dem Schoß seines Vaters saß. Großvater versuchte es von dort zu vertreiben, wobei er immer wieder: »Geh runter da. Dorle, lass das!«, rief. Absurd benahmen sich schließlich meine Eltern, die zur Beerdigung einige Behinderte aus dem Heim eingeladen hatten, in das sie Dorle gerne gegeben hätten, als wenn sie demonstrieren wollten, dass Behinderung nun mal zum Leben gehörte und normal sei. Normal wie der Tod von Dorle? Normal wie der Tod an sich. Noch absurder war die Rede des Pfarrers, der nicht recht wusste, was er sagen sollte, da er Dorle genauso wenig gekannt hatte wie die meisten der Anwesenden und sich deshalb in allgemeinen Floskeln verlor, in denen er von Dorle als einem Kind Gottes sprach und davon, dass vor Gott alle Menschen gleich seien und dass Dorle nun nach Hause gelangt sei und für immer, bis in alle Ewigkeit, bei Gott wohnen würde. »Alles Humbug«, hätte Dorles Papagei dazu gesagt und: »Hoch die Tassen, Prost«, und ich hätte Frederike recht gegeben.

Vielleicht fühlten wir uns alle schuldig. Mitschuldig an Dorles Tod. Wahrscheinlich benahmen wir uns alle deshalb mehr oder weniger seltsam. Absurd war natürlich auch mein Verhalten. Ich versuchte, den verwaschenen, grauen, deutschen Himmel, der wie ein dreckiges Bettlaken über uns hing, verzweifelt durch die Vorstellung eines unendlich blauen, transzendenten, afrikanischen Himmels zu ersetzen, in den ich Dorle aufgenommen wissen wollte. Dabei musste ich heftig weinen, was nicht weiter auffiel, da mein Gesicht vom Regen sowieso ganz nass war.

Und ich musste an Dorles »Der Himmel weint in Weiß« denken. Für mich weinte er jetzt in Schwarz.

Postfach 120307 | 10593 Berlin
www.transit-verlag.de

Umschlaggestaltung, unter Verwendung des Gemäldes »Le Rêve«, Henri Rousseau, 1910 (Ausschnitt) und Layout:
Gudrun Fröba
Druck und Bindung: CPI Deutschland
ISBN 978-3-88747-406-5

FSC
MIX
Papier
FSC® C083411

LESEN SIE WEITER

Frauke Tuttlies
HERR GRUNDMANN SAGT FRANZISKA
Novelle

»… das Besondere dieses Buches ist nicht der konventionelle Handlungsrahmen, sondern der ungewöhnliche melodische Stil … rhythmisch überzeugend komponierte Sätze verleihen dem Lesen einen gewissen Sog. Frauke Tuttlies ist eine federleichte Liebesgeschichte gelungen, stilistisch traumwandlerisch sicher und tranceartig wie ein guter Lovesong, kurz: Ein Frühlingsgefühl, das man lesen kann.«

Helmuth Opitz, LyrikWelt

96 Seiten, geb. mit Schutzumschlag. ISBN 978-3-88747-331-0

LESEN SIE WEITER

Carla Bessa
URUBUS
Erzählungen

Aus dem brasilianischen Portugiesisch
übersetzt von Lea Hübner

»Wow, so was hab ich noch nie gelesen. Die Stories haben mich gepackt. Die Geschichten warten immer doch noch mit einer Überraschung, mit einer Wendung, auf, so dass ich am Ende gedacht habe: Das ist Literatur vom Allerfeinsten.«

Thomas Böhm, RBB, Radio Eins

112 Seiten, geb. mit Schutzumschlag. ISBN 978-3-88747-386-0